빛탐문학회 14집 문집

화려한 외출

A Grand outing

빛탐문학회 14집 문집

화려한 외출

펴낸날　　초판 1쇄 2025년 12월 12일

지은이　　김강열 현다경 김미경 김인기 정미란 이청미
　　　　　정태사 이홍순 김영숙 이희영 박미영 유상천
　　　　　남미화 박재희 이종인 조례자

펴낸이　　서용순
펴낸곳　　이지출판

출판등록　1997년 9월 10일
등록번호　제300-2005-156호
주소　　　03131 서울시 종로구 율곡로6길 36 월드오피스텔 903호
대표전화　02-743-7661 팩스 02-743-7621
이메일　　easy7661@naver.com
인쇄　　　ICAN

ⓒ 2025 김강열 외 15인

값 15,000원

ISBN 979-11-5555-274-2 03810

※ 잘못 만들어진 책은 교환해 드립니다.

빛탐문학회 14집 문집

화려한 외출

A Grand outing

김강열 외

이지출판

"언어의 길 위에서, 다시 빛으로 서다"

시간은 쉼 없이 흘러가고, 세상은 매 순간 새로워집니다. 계절이 여러 번 바뀌는 동안 우리는 여전히 詩의 言語(언어)로 세상을 바라봅니다. 그러나 그 모든 변화의 가장자리에서 우리는 여전히 '詩'의 언어가 세속의 먼지를 털고 스스로의 숨을 되찾을 때, 그곳에는 언제나 사람이 있고 그 사람의 마음이 있습니다.

빛보다 빠른 속도로 스쳐 가는 뉴스 속에서 우리는 종종 마음의 온도를 잃곤 하지요. 그러나 그럴수록 한 줄의 詩가 작은 등불처럼 우리 곁에 머뭅니다. 우리의 작품 속에서는 그 잃어버린 온기를 다시 불러오는 노래이자 서로의 안부를 묻는 느린 손편지입니다.

어느새 우리 일상은 작은 화면 속으로 옮겨졌습니다. 관계는 클릭으로 이어지고, 감정은 이모티콘으로 번역됩니다. 그러나 그 속에서도 여전히 우리는 '말'로 살아갑니다. 누군가의 목소리를 기다리고 내 마음의 결을 전할 언어를 찾습니다.

"시대의 균열 위에서, 다시 언어로 서다"

14집 문집 《화려한 외출》은 급격히 변하는 사회와 문화의 파도 속에서도 감성적인 언어의 詩가 여전히 인간을 이해하고 연결하는 가장 오래된 방식임을 믿는 마음에서 시작되었습니다. 팬데믹 이후 다시 얼굴을 마주하는 시간, 기후 위기와 전쟁, 불평등과 소외의 그림자 속에서도 우리는 '詩'를 통해 서로의 세계를 오가는 마음의 지도입니다.

디지털 문명 속에서 사라져 가는 느림과 사유의 공간, 다양성과 공존의 가치, 그리고 우리가 잊지 말아야 할 '사람다움'에 대한 물음이 우리의 작품 속에 담겨 있습니다. 14집에 들어 있는 작품들은 각자의 언어로 세계를 포착하고, 시대의 균열 틈에서 피어난 빛들을 나누려 합니다. 정작 아무도 제대로 듣지 않는 시대 속에서 오래된 약속처럼 우리가 잃지 않으려는 '시의 자리'에 대한 고백입니다.

"낮은 목소리로, 그러나 진심으로…"
"화려한 문장보다는 진솔한 마음 하나로…"

《화려한 외출》은 그 이름처럼, 잠시 세상 밖으로 걸어 나가는 마음의 기록입니다. 화려하다는 말 뒤에 숨은 고요함, 외출이라는 낯섦 속에 깃든 그리움, 바쁘게 흘러가는 일상 속에서도 멈춰 서서 숨을 고르는 순간 스스로의 내면과 세계를 다시 바라보려는 회원들 삶의 기록입니다. 계절이 지나듯 우리의 감정도 스며들고 사라지지만 그 흔적 속에서 우리는 여전히 '살아 있음'을 배웁니다.

이 작은 동인지가 누군가의 마음에 잔잔한 파문으로 닿기를 바랍니다. 시간의 결을 따라 우리의 걸음이 어느덧 열네 번째 계절을 맞이했습니다. 한 편의 시를 통해 서로의 마음을 건네고, 언어의 온기로 세상을 다독이려는 시간이 이렇게 이어져 왔습니다. 그 오랜 믿음과 열정에 고개 숙여 감사드립니다.

이 책이 독자들의 마음 속에서도 잠시의 외출로 일상의 문을 열고 한 줄의 시와 마주할 때, 그 찰나가 삶의 빛으로 환히 번지며 오래오래 남는 여운으로 머물길 소망합니다.

김강열 빛탐문학회 회장·시인

■ 차례

시 (詩)

김강열

현다경

김미경

김인기

수필 (隨筆)

시(詩)

빛탐문학회 14집 문집

김강열

2018 월간 『연인』 시 등단

법무부장관상 수상

은평문화원 운문부문 수상

나만의 문집 2편

빛탐문학회 동인지 『산 따라 바람 따라』

성균관대학교대학원 MBA 석사 졸업

(사)한외국인친선문화협회 이사

kkl5909@hanmail.net

빛바랜 초가집

허물어진 벽 사이
시간의 먼지가 느릿하게 스며오고

스쳐가는 바람 속에
사라지지 않은 마음 하나

비에 씻기고
바람에 조금씩 찢기어도
낡은 초가집은 아직 그 자리

묵묵히 붙잡힌 계절은
나를 불러세운다

낙엽이 된 나룻배

강물은 바닥을 드러내고
조용히 잠든 나룻배 하나

홀로 남아 부서진
너의 손끝에 스친 바람만

닿을 수 없는 그 강 건너
너의 이름 머금은 채

이제는 노도, 닻도 없이
세월 되어 흘러가는구나

발자국마다
깊이 패었던 상처의 옹이

마지막 잎사귀처럼 삭아 간다

잎 떨어진 버드나무

김강열

바람에 실려
잎 하나 내려앉는 순간
버드나무와 내 마음이
같은 소리로 흔들렸다

바람에 실려
잎 하나 내려앉는 순간

새벽 창가

아직 잠든 도시의 미로,
차창에 서린 희미한 입김

한 잔의 고요함,
따스함이 손끝에 맴돌고

어둠 속 홀로 피어난

첫 햇살의 약속

낡은 벽

김강열

오래된 벽 속에
바람이 새겨 넣은
투명한 시간

현 다 경

월간 모던포엠 시 등단(2013)

은평문화원 백일장 수상

해금연주가

빛탐문학회 동인지 10회 참여

sodogoong@naver.com

늪

늪이었어
늪을 만났어
푸욱 가라앉는 심장

하지만
그 속에도 생명은 있고
또 머리 위엔
파란 하늘도 여전하다

버리고 버려
하늘을 날 수 있을 만큼
가벼워졌다 생각했는데
그래도 삶의 무게
아직도 남았었나 보다

차라리 진흙의 부드러움을
느끼며 한 발 한 발 걷자

걷고 또 걷자
그냥…

늪도 숨이야
가다 보면
또 다른 숨
굳은 땅 나오겠지…

산이 되었다

현다경

봄 산에
발걸음을 놓으니

내 몸에 분홍빛 물이 든다
낙엽을 헤치고 얼굴 내민
보랏빛 제비꽃이 냉큼
미소 속에 녹아들고
화사한 산 벚으로
온몸이 간지럽다

가지가지마다 얼굴 내민
연초록 아기 잎이
온몸을 휘감으니
나는 산이 되었다
남녘 바람에 살랑이는
울긋불긋
봄 산이 되었다

그런 사람이면 좋겠다

내가

너에게
기분 좋은
사람이었으면 좋겠다

너를 바라볼 때
은하수 같은 사랑이
무지개 같은 미소가
샘물 같은 시원함이
산새 소리 같은 청아함이
그대로 너에게 스며들어

네가
나를 보면
기분 좋아지는
그런 사람이면 좋겠다

틀

현다경

내가 세모라고
네모에게 뭐라 못하지
세모도
네모도
동그라미도

그 속에
O_2 있더라
온기도 있더라
사랑과 미움도 있더라

아주 소중해

버려진 화분 속
잡초라 불리던
숨죽였던 생명

뽑으려던 손길을 거두고
물 한 모금 건네니
활짝 웃는 작은 꽃
차암 예쁘다

그 어떤 의미가 없어도
그저 있는 그대로
아주 소중한
너 그리고
나와 같이

김미경

은평문화원 백일장 운문부 수상

동작문화원 백일장 운문부 수상

공인중개사

전남대 졸

빛탐문학회 동인지 5회 참여

기다림

부처님
지문이 닳도록
두 손 모아

삼신할매 점 지어 주셔서
꼬박 열 달을 기다려
세상 사랑스런 눈 마주했네

숯댕이 몇 개,
곰솔가지 군데군데
새끼줄에 꽂아
사립문 양쪽에 걸어 두고
삼칠일을 기다려
이맘때,
연초록 세상을 알게 되었네

정갈한 옷 입히시고
참빗으로 곧게 머리 빗겨

둥근 세상으로 밀어내 보내시며,
낮에는 해님에게
밤에는 달과 별에게 안부를 들으며,
때로는 비바람 부는 날도 있어
입은 옷 다 벗어 주고 장승처럼
그 자리에 앉아 있네

고향 집 한 번 들른다는 기별에
닫힌 대문 활짝 열어 두고
반쯤 감긴 눈은 동구 밖 한길가에
반달처럼 걸려 있네

어렸을 적,
아장아장 걸어오는 나를
앞서가던 걸음걸이 마다하고 뒷짐지고 기다려 주셨듯
느린 걸음 지천하지 않고 엄마가 그랬듯 기다릴게요.

허리 한 번 펴시고
쉬엄쉬엄 따라오세요

가을비 애상

비가 내렸다.
토방 끝에서 아버지는
찌뿌둥한 회색빛 하늘을
한 번, 두 번 올려다보시다
뚝 뚝 떨어지는 지스락물을 빤히 바라보셨다
"아무 짝에도 쓸모 없는 가실비가 또 내리네"
혼잣말을 되뇌이며
오랜 벗인 담배를 꺼내셨다

지킴이 논에 나락도 거둬들여야 하고
재 너머 동쪽 골밭에 메주콩도 매야 하고
녹두랑 팥도 따야 하고
찬서리 내리기 전
늙은 호박 몇 덩이도 집으로 가져와야 하는데
이놈의 비는 그칠 줄을 몰랐다

짧은 가을 햇빛을
한 시라도 더 쐬어야 좋을 텐데…

비 오는 날에
당신의 몸은 아랫목에 뉘실지언정
걱정거리가 앞산을 넘고 있었다

어린 시절,
아이에게 비 오는 날은
온종일 아버지가 집에 계셔서 좋았다

감자

하지가 지나자 비설거지를
서두르시는 아버지!
자주색 꽃을 인 감자밭에 서 계셨다

알알이 딸린 식구가 많아
땅에 납작 엎드린 모양새가
흡사 등 굽은 아버지의 모습!

서울 큰딸네도 주고 싶고
광주 막둥이 아들네도
보내고 잡고…

수십 리 길을
식을까 두려워
칭칭 동여맨
상자 속 포실포실한 아버지의 마음!

이미
서울은 장맛비가 내리고 있었다

부부로 산다는 것은

화려한 외출

몇 억겁의 시간을 돌고 돌아
마주 잡은 고은 손!
행여 그 손 놓칠세라
영원인 양 반지를 끼고
망망대해에 돛단배 하나 띄웠었지

풍랑과 파도를 넘어
평화 같은 잔잔한 항구에 다다르는
소박한 꿈을 품고 어영차 순풍에 돛을 올렸지

때로는 불협화음에
젓던 노가 멈추어 표류하고
무심코 쏟아 낸 언어는
그물에 걸려 상처가 깊어 흉터가 된 세월

아~ 아
새치는 일상이 되었고
주름은 반백 세월을 점령해 버렸네

이제 거울이 되어
서로 바라본다

바람결에 낙화를 기다렸던가!
조용히 꽃을 밟으며 함께
길을 걸어 주는 이가 있다

나의 길

수많은 해
평평한 길 찾아
자갈길 마다 않던 나날

목마름의 경계
잠시 쉴 우물과
멈춰 앉을 의자 없네

달리고 또 달려온
기쁨도 슬픔도 아닌 길

울퉁불퉁 기피했던 길도
겨울날 그리운 태양처럼

지나고 보니 소박하고
그리운 내 인생이었더라

김인기

한국화가

국전 다수 전시회

개인전 다수 전시회

빛탐문학회 동인지 7회 참여

초대 없는 집

삼송리 초가집

초가집이란
숲 속에 있는 작은 집
봄이면 진달꽃이 활짝 피는 집

가을엔 뒷산에 알밤이 툭 툭
감나무에도 감이 주렁주렁

불어오는 산들바람에
떨어지는 홍시감은 유난히 달콤하다
오늘은 초대받지 않은
지인들이 초가집에 들어선다

장대 높이 들어
잘 익은 감 하나 툭
하나둘 받아들고 넘 맛나게 드신다

그 사이 난 채소밭으로 향한다
산나물 이것저것 톡톡 따내어
조물조물 무쳐낸 시골 밥상을 차린다

여럿이 둘러앉아
뜰에서 먹는 음식은
그냥 맛나고 행복하다

하하 호호
모두가 행복하다

초대받지 않은 행복의 집

삼송리 초가집!

살아가는 모습

살아가는 모습
가고 싶다고
갈 수 있는 곳도 아니고
가기 싫다고 안 갈 수도 없는 곳

죽는다 말하고
가는 사람 없고
영원히 살고 싶다고
사는 것도 아니다

내일 어찌 될지는
아무도 모르는
신비한 하루

선물 같은 지금은
최선을 다한 삶
그 속에서
낭비 없이 누려본다

즐겁고 행복한
하루의 모습을 만든다

자연의 소리와
나의 숨소리가
잘 어울리는 숲과 함께
지금 오늘을 누린다

지금,
살아가는 모습

사람이 사람이

사람이 사람이
꽃처럼 예쁘고
아름답다고 누가 말했더냐

참말로 맞아요
살면서 살아가면서
느끼고 느껴 보는 중

아름다운 사람들
오늘도 귀한 하루
선물 받았으니

봄처럼
맑은 시냇물 흐르듯
졸 졸 졸

시간과 세월

김인기

 어제는 눈이 내리고
지금은 멈추었는데
시간은 쉬지 않더라

오늘은 꽃이 핀다
지금은 시간과 함께
꽃길을 걷는다

어제와 오늘은
시간이 흘러 지금이 되어
세월이라 하는구나

시간과 세월

봄의 소리

아침 햇살도
창가의 바람도
소쩍이는 새 노래도
봄이라 말하지만

사라지지 않는 작은 미소가
조용히 외출할 때
그때 비로소
우리 마음에 봄이 온다

정미란

월간 『순수문학』 시 등단
은평문인협회 운문, 산문부문 다수 수상
윤동주 · 정지용 백일장 운문부문 외 다수 수상
공저 『물바람』 외 빛탐문학회 동인지 13회 참여
arirang1207@hanmail.net

자유

오랫동안
끝도 없이 출렁이던
모진 집착의 끈을
당겨진 활시위 속에
허공 저 멀리 날려 보내다

극복할 수 없는
간극을 벗어나
삶의 변곡점을 지나
겨울 들판에 서서
우려했던 마음들을
거침없이 내던져 버리다

거짓말처럼 잔잔해진
여일한 마음의 바다에서
바람이 일깨워 준 의식 속으로
대낮처럼 환한
내 삶의 결을 찾다

신성리 갈대밭

갈대,
흔들리지 않았다

단지 바람이 흔들었을 뿐

칠흑 같은 어둠 속
신성리 갈대밭에
숨이 멎을 것 같은
거센 비바람, 모진 광풍

하염없이 꺾이고 휘어지고
뿌리째 뽑힐 듯
약해져만 가는 굳은 의지

끝내 이길 수 없는 위력 앞에
얼룩진 시련이 아우성치는 밤

땅 속 저 깊은 곳
호수 밑 수궁 속에
단단히 뿌리내리고
안간힘을 다해
간신히 지탱하고 서 있는

갈대,
흔들리지 않았다

그저 온몸으로
바람의 흔들림을
보았을 뿐!

돌아보면

정미란

돌아보면
지난날은 모두가 다
꽃길이었어라

격랑의 파도가 일깨워 준
시련의 아픔도

격동의 바람이 가르쳐 준
설움의 눈물도

모두 다
내 삶의 동력이었고
용기의 원천이었어라

가뭇없이 걸어가는
이 낯선 길 또한
쉼 없이 나아가면

정녕,
꽃길 저 끝에서
아름다운 나와
조우할 수 있으리

* '아름답다'의 어원은 '아(아)답다'에서 온 것으로 '나답
다'라는 뜻으로 해석됩니다.

그것은 사랑

정미란

들불처럼 번지는
부푼 꿈을 끊임없이
버리고, 깨고, 묻기 위해
우리는 척박한 이 땅을
얼마나 더 살아내야 하는 걸까

땡볕 아래 서성이던 지친 마음도
햇살 없던 나목의 겨울 숲도
바람처럼 왔다가 지나는
헛된 바람들을 가두고

푸른 하늘에게
희망을 가르쳐 준 무지개를 따라
아득히 멀고 먼 길

결코,
버리지 않으며
깨지 않으며
묻지 않으며
끝내 걸어가야 하리

결국, 궁극의 본질
그것은, 사랑
그것은, 그리움

나의 길은

정미란

나의 길은,
곳곳에 무성한 여름날
소나기 쏟아 낸
잿빛 먹구름 사이로
푸른 하늘 보일 수 있게

멀고도 아득한
알 수 없는 길
메워지지 않는
지리멸렬한 단어로
나를 울리지 않게

심연에 갇힌
이루지 못한 꿈들
하나둘 퍼올려
주저함이 없는
도전한 삶 살아낼 수 있게

그리움 가득한 대지의
안개 낀 미완의 길에
대낮같이 환한 달을
가슴 가득 안고서
내 삶의 시를 완성할 수 있게

이청미

종로문화원 수필부분 당선(2010년)

용산도서관 시 공모전 당선(2011년)

은평문화원 백일장 수필 당선(2019년)

한국문인협회 회원

2024 『소설학림』 동인 작품집 『엄마의 집』 소설 기고

빛탐문학회 동인지 11회 참여

keum6060@naver.com

이화의 향기

나이 들어서도 기억하는
소녀 적에 맞은 배꽃 향기
나를 휘감아 갈 길을 안내하네

선교사가 세운 학교 입학하여
하느님 사랑 알게 되고
모든 사람 귀하다는 것도
남을 사랑해야 된다는 것도
자연을 가까이해야 함도 배웠네

내가 남을 사랑하면
하느님께 가까이 다가서며
하느님의 사랑을 받는 것을 알게 되고,

죽어도 하느님 품속에 있게 되니
살아도 죽어도 하느님 안에
있음을 믿게 되었네

이화의 향기 속에
튼튼한 뿌리를 내리고 사노라

제비는 살아남았다

시골 기차역에 내리면
제비를 보고 싶어 하늘부터 쳐다본다
전깃줄에서 날개를 쉬기도 하고
플라타너스나무 가지에서도 잠시 쉬다가
먹이를 찾아 쏜살같이 멀리 날아간다

무서운 폭우가 오래 계속된 후
기차역에 내려 하늘을 보니 한 마리도
찾아볼 수가 없어 마음에 슬픔이 일었다
덩치 큰 어른도 견디기 어려웠던 폭염
털 가진 작은 제비는 힘들고
비를 피할 곳도 마땅치 않았을 것이다

어느 날 여러 마리 제비가 어울려
하늘을 신나게 나는 것을 보고
제비가 위대하다고 박수를 쳤고
마음에 작은 기쁨의 파도가 일었다
사람이 팔십을 넘겨 살아남았다는 것도
위대한 일인 것 같다는 생각이 들었다

9월의 바람

긴 폭염과 폭우
견디기 힘들다는 푸념이
나도 모르게 터져 나오는 올여름
더위가 끝이 날 것 같지 않았다

9월이 오니 팔에 닿는 공기
그동안 잊었던 시원한 기운이 살짝 닿는다
사람들은 계절의 변화는 오는 것이라며
밝은 미소를 짓는다

쉽게 물러가지 않는 더위에
지겨워하면서도 위안 삼아
세월을 이길 장사가
없다는 말도 해 본다
그래도 아침과 저녁 시원한 바람
팔에 닿는 감촉에 희망을 가져 본다

9월 마지막 날
아직 반팔 입은 사람도 있지만
나는 긴팔 블라우스를 떨쳐 입고
멀리까지 친구들을 만나러 간다

5일장

횡성 5일장
친구가 더덕을 산다기에
처음으로 따라서 샀다
어렵게 껍질을 까서
고추장에 찍어 먹었다

과자를 나누어 주는 친구,
매실 음료를 나누어 주는 친구,
사과를 나누어 주는 친구,

깍쟁이 같은 친구는
장아찌 담근다고
매운 고추를 사고

웃기 잘하는 친구는
사람 나누어 준다고
뻥튀기를 사고

부잣집 마님 같은 친구는
가벼운 바지를 스무 개 사서
친구들에게 돌렸다

좋아하는 것이 다르고
주고 싶은 것도 다르나
같이 웃고 떠들고
입도 눈도 즐거우니
살만 한 하루다

최고의 간식

가끔 찾는 옥수수 호떡

입맛 없어 밥 조금 먹어
속 헛헛할 때,
입이 궁금할 때 어쩌다 찾는 것
지하 일층을 내려가면
호떡집 사장 단골이라고 인사

옥수수 1,500원,
치즈닝, 인절미, 씨앗은 2,000원,
아이스크림 꿀호떡은 4,000원
젊어서 먹었던 밀가루와 비슷한
옥수수 호떡만 먹는다

뜨거운 설탕물에 혀도 데고
손가락 데는 날도 있다

좋아하는 호떡을 먹으면
어쩐지 기분이 좋아진다

정태사

화가

빛탐문학회 동인지 물바람 외 2회 참여

개인전 11회, 단체전 다수 전시

대한민국미술대전 초대작가(한국화)

전국휘호대회, 은평구 포스터 심사 역임

이화여고, 영훈중학교 강사 역임

은평미술협회 한국화 분과위원장

안평안견예술정신전 회원

추사휘호대회(예산) 문인화 초대작가

baiyuan2000@naver.com

畵伴鷗亭(화반구정)

古亭下有綠波闊 고정하유록파활
碧宇片雲秋氣深 벽우편운추기심
追想先賢伴鷗樂 추상선현반구락
揮毫潑墨抒吾心 휘호발묵서오심

반구정을 그리며

오래된 정자 아래 푸른 강 물결은 광활하고
파란 하늘에 떠 있는 조각 구름에는 가을 기운이 깊다
선현께서 갈매기와 짝하며 즐거웠던 날을 상상하면서
붓을 휘두르고 먹물 뿌려 내 마음을 그려 낸다

* 碧宇(벽우):푸른하늘　　　　先賢(선현):황희 정승을 뜻함
　潑墨(발묵):산수화의 기법　　抒(서):펴다, 표현하다
* 반구정은 파주시 문산에 있는 황희 정승이 '갈매기를 벗 삼은 정자'

夏晨卽景(하신즉경)

정태사

昨宵村里雨 작소촌리우
池水睡蓮開 지수수련개
魚隊閒遊玩 어대한유완
曙光方亮來 서광방량래

여름날 새벽 산책

어젯밤 마을에 비가 내리더니
연못에 수련이 피었네
물고기 떼 한가로이 노니는데
새벽빛이 막 밝아온다

* 昨宵: 어젯밤　　　　曙光: 새벽빛
　方: 바야흐로, 막
* 여름날 새벽 산책 중에 바라본 경물 五言節句

醉櫻花(취앵화)

萬朶方暢是好季 만타방창시호계
遠沿細溪櫻路伸 원연세계앵로신
春風忽來雨香雪 춘풍홀래우향설
花影亂眼醉騷人 화영난안취소인

벚꽃에 취하다

만송이 꽃이 한창 피어나 좋은 계절

멀리 실개천 따라 벚꽃길 뻗어 있고

봄바람 홀연히 불어와 향설이 내리니

꽃빛이 눈을 어지럽혀 시인을 취하게 한다

* 雨(우): 내리다　　　　騷人(소인): 시인
* 벚꽃 휘날리며 떨어지는 것이 마치 눈이 내리는 듯하여
　香雪로 표현해 보았다.

가을 문턱에서

정태사

여름과 이별하려는
매미들의 노래는
아쉬운 듯 힘이 빠지고

가을을 맞이하는
귀뚜라미의 노랫가락은
맑고 곱기만 하구나

혹서에 힘들어
희미했던 별빛도
반짝이며 고개 드니

옷깃을 스치며
청량한 바람 불어오는 문턱
하안거에서 벗어 나련다

봄비

밤사이 몰래
부슬부슬 봄비가 내렸네

나뭇가지 사이사이
새싹 움트는 소리 들리고

앞다투어 조잘조잘
연둣빛 고개를 내민다

웅크렸던 내 마음,
봄 내음에 젖어들어

희망의 날개를 펴고
고운 마음으로
봄을 맞이해야지

이흥순

한겨레문학 에세이21 수필 등단

서울문학 시부문 등단

고려대 평생교육원 시창작학과 수료

국립중앙박물관 박물관 특설강좌 전과정 수료

은평문인협회 제21회 운문부문 대상

『이보다 좋을 순 없다』 개인시집 출간

빛탐문학회 동인지 13회 참여

방송통신대 문인회 및 한겨레문학 에세이 21 외 출간

bibianna51@hanmail.net

10월 어느 날

나뭇잎 한 잎 두 잎
가을이 스며드는 시월

여름내 뜨겁기만 하던 마음이
바람따라 흔들흔들

하늘에는 별이 빛나고
땅에서는 꽃이 피어나는
아름다운 계절

너와 나
다시
별처럼 빛날 수 있을까
꽃처럼 눈부시게
피어날 수 있을까

바람 따라 훌훌
두 손잡고
떠날 수 있을까

지금 이 순간만

이홍순　73

칠십을 넘기면서
내일 죽는다 해도
아까울 것 없는 나이다 생각했다

밤에 잠자리에 들 때면
아침에 눈을 못 떠도
누구도 놀라지 않을 나이지 했다

덤이다 생각한 삶
어느새 지나온 70 고개보다
80 언덕이 더 가깝다

열정이 아닌 열심히만
살아온 것은 아닌가?

후회나 아쉬움은 이제 그만!
오늘 지금 이 순간만 기쁜 마음으로
감사하며 살아가자

운명

잊혀진 줄 알았는데
네가 날 알아보다니

잊은 줄 알았는데
내가 널 기억하네

이런 만남은
꿈에서도 생각 못했다
우연인가
필연일까

보고픔도 그리움도 모르고 살았는데

네 머릿속 어디에 내가 남아 있었는지
내 가슴속 어디에 네가 숨어 있었는지

그가 다가와, '이건 운명이다!' 했을 때
나는 아무 말도 하지 않았다

할 말이 없다

이홍순　75

뉴스를 보다가
판사 검사 넘들은 불의에 항거할 줄도
정의가 무엇인지도 모르나 보다
자존감이 없는 넘들, 창피하다 창피스러워

저 변호사 넘은 양심도 없나?
살인범도 돈으로만 보는 것 같다

저게 의사라니? 장사꾼만도 못하구먼,
제 잇속만 챙기는 것들 같으니라구

뭐야~ 또? 저저 저 국회의원 서울대 나온 넘 아니냐
나라 생각은 뒷전, 권력의 시녀로구먼
대학 간판이 아깝다 아까워

함께 티브이를 보던 딸
에구구 오마니~~~ 넘넘~ 넘! 하지 마셔요
뉘 집 사위가 판사네, 검사네, 변호사네,
의사란다.
사자 붙은 남의 사위들 부러워하며
사돈에 팔촌이 국회의원 됐다구~
우리 애가 서울대 입학원서 넣었다구
동네방네 자랑자랑한 사람 누구신가~요

저런 넘들을
누가누가 뽑았을까~~~요

비밀

이홍순

동트는 호숫가를
어둠 속 숲길을
손만 잡고 걸었다고
너와 나 아무 일도 없었던 걸까

동지섣달 긴긴 밤을
눈 한 번 감지 않고
마주보며 지샜다고
우리가 아무 짓도 안 한 걸까

입덧만 했지
얼나는 낳지 않았다고
남남이라고 말 할 수 있을까

너와 나
이렇게
소리 없이 만나고
흔적 없이 떠난다고

정말
아무도 모를까
누구도 모를까

김영숙

월간 『순수문학』 시 등단(2020년)

은평문화원 백일장 운문 · 산문부문 수상

은평문인협회 운문부문 당선

빛탐문학회 동인지 13회 참여

시니어 모델

jihgafs@nate.com

내 인생의 너

언제나 한결같은
늘 그 자리의 너

떠나지 않아
바다와 하늘을 품고
네게 가까이 가는 중

마음 비워
폭풍에도 흔들리지 않는 바위

변덕 끝에도 변함없는
상록수처럼

너는 나의 우주,
황혼 속
푸른 소나무 같은 영원한 사랑

숲과 산이 되어
오직 너를 위하여

파크골프

김영숙

걷는 움직임의 즐거움
정신 건강의 즐거움
발전하는 스윙의 즐거움
기술 향상의 즐거움
새로운 만남의 즐거움
매너와 배려에 솔선수범
스스로의 다짐을 다져 본다

에티켓을 완전 숙지하고
위반 없이 매너를 지키며
모두의 안전과 즐겁고 명랑한
건강생활을 선전 기원하며
화이팅을 외쳐 본다!

잔디 위의 또 다른 이름의
꽃으로 피어나라

파크 골프여!!!

파노라마

바람에 실린 금빛 노래
다섯 줄 수평선에 새겨진 희망

여백마다 다른 음색으로
이곳 저곳 가을 소리가 춤춘다

오곡백과 풍년가, 지화자 얼씨구!

오선지 위의 음표는 익어가는 사랑
낙엽 진 자리, 다시 설 숨 고르기

네모난 악보 위
인생의 파노라마가 꿈으로 일어나
희망의 노래로 울려 퍼지네

12월의 잔상

김영숙

뽀드득 겨울 끝에서
문득, 여름의 네가 그립다

계절을 건너뛰는 마음은
따뜻함과 차가운 공기에 스민
12월의 너를 놓지 못해

뒤바뀐 계절 속
조용히 너를 붙잡는다

꽃길

세상에,
봄은 조용히 와
한순간 마음을 흔들고

봄은 날개를 달고
산과 들을 걸으며
꽃들과 속삭이는 시간이 좋고

밤이면 피어나는 꽃 소리와
그대 웃음 향기에
묘하게 행복해진다

그대여,
짧은 봄 떠나기 전
꽃길 걷은 봄소풍 가요

이희영

부산 출생

성신여자대학 대학원 판화학과 졸업

개인전 3회

2014 문학미디어 시 신인상 등단

2023 문학미디어 작가상 수상

문학미디어 이사, 문학미디어작가회 회원

저서 시집 『미친것들, 왜 이리 예뻐?』

달

햇빛 한 줄기 들지 않는다
어둡고 고요한 흙 속
묵묵히 자란다

동글동글한 몸매
작은 눈망울, 잊힌 별이다
흙 속에서 빛을 품는다

거칠고 투박한 껍질 너머
따뜻한 속살 숨기고
말없이 기다린다
누군가의 밥상에 오르기까지

세상 중심은 아닐지라도
누군가의 하루 든든히 채우는
땅속의 달 감자

깻잎

이희영

몽당연필 하나
배고픈 손에 쥐고
밥 한 숟갈 바꾸어 먹던 시절

눈치로 자란
작은 어른
내 어머니

본 것 배운 것 없이
겨우 입에 익힌 손맛으로
깻잎을 절여
밥 위에 얹어 주셨지요

짙은 양념 속에
숨겨진 깻잎 말들

깻잎은
"딸아, 이건 연필보다 귀한 사랑이다."

당근의 고백

나를 자른다는 건
너에게 색을 더하겠다는 뜻

국물 속에서 볶음 속에서
나는 언제나 조용히 녹아
네 하루의 주황빛을 흘려

사실 나는 빛을 먹고 자랐어
그걸 한 줌의 단맛으로 바꿔
내 속 깊은 곳에 꼭꼭 숨겼지

사람들은 몰라
단단한 껍질 속에서
얼마나 오래 기다렸는지

언제 누군가
"당근 없으면 색이 안 나"
라고 말했을 때 나는 눈물이 났어

된장의 기다림

이희영

나는
썩지 않았다
시간이 숙성되었을 뿐

말없이 묻힌 항아리 속
깊어지는 건
향도 사람도 마찬가지

파는 쓸쓸하다

나는 허리를 꺾고 웃는다
푸른 척 싱그러운 척
자꾸 잘리며 자라야 했던 날들

국물 끝자락에서
내가 우는 걸
아무도 모른다

박미영

빛고을 광주 출생

호남대학교 영문과 졸업

외국은행 27년 근무

박문각공인중개사학원 1년 수료

영어 정교사2급 자격증

꽃꽂이사범 자격증

간호조무사 자격증

흑석동 중앙대병원 간호통합병동 근무중

원점

앞만 보고
달려온 줄 알았는데

주위를 둘러보니
여전히 변한 것 없어

아침 하늘에 해가 뜨고
저녁 하늘에 해가 지고

희로애락
노래를 부를 줄 알았지만

멈출 수 없는 인생이기에
일상 속 희망꽃 피고지고만 있네

운동회

박미영

밤새 비가 내려
기다리는 맘은
애타도 계속 하늘 보고
몰래 기도 손

비가 오다
그치고

하늘에
만국기 펄럭이고

불어오는
바람결에 함성이

드디어 시작이다
소망하던 꿈꾸던
한 장면이 완성되고

동네 잔치였던
어릴 적 추억은
한 바닥이어도
이제는 투호로

신나는 미소가
하늘로 퍼지는

오늘은
청팀이 이길까
백팀이 이길까

기도

박미영

내 삶의 노래는
너에게로만 향한다

힘들어도
괴로워도
슬퍼도
가끔 웃어도
마냥 외로워도

내 삶의 노래는
지치지 않고
너에게로만 스며든다

네가 태어날 때
세상을 얻은 양
너의 첫 미소가
나를 힘나게 할 때

또래보다
빠른 너의 성장이
나의 성공인 양
내 힘든 삶의 버팀 목

바람처럼 성장해 준
너를 이제는
또 다른 둥지로 보내야 한다

내가 너에게 했던
모든 몸짓 눈짓 언어들
내리사랑 속에
삼대가 여행 가는
꿈을 꾸고야 만다

엄마의 꿈

박미영

엄마!
엄마!
엄마!

다시 불러봐도
여전히 그리운 울 엄마

그 시절로
꿈에서도
돌아갈 수 없기에

뭉게구름 속에
숨어 버린

추억들이
가물가물
기억 나기만을

울 엄마 좋아하던
꽃향기에 취해

깨어나고
싶지 않아

여행

박미영

바람결에
나뭇잎이 흔들려요
그 사이로
하늘도 보이고요

향해
걸어가는
서툰 발걸음이
날아갈 듯 가벼워

유상천

2022년 서정문학 등단

한성대 평생교육원 시창작과정 수료

시집 『존재의 이유』

빛탐문학회 동인지 2회 참여

제1회 아트 코리아 미술대전 블루상 수상

연정(戀情)

유상천

그 밤을 내 마음에
다 쓸어담아

네 가슴속
네 눈빛 속에 넣어 놨는데

평생 아무도 손 못 대게
이름까지 써 놓았는데

그렇게 죽고 못 살던
그 사랑은 지금 어디로 갔나

눈에 불을 켜고
찾아 헤매던
그 사랑은 지금 어디로 갔나

삶의 무게

무엇을 얻으려고
평생 발버둥을 치는 건지

바위처럼 무거운 삶을
머리에 이고
나는 여전히 허청거리고 있다

실오라기 같은
욕심 한 줄기에도
숨이 턱 막히는 세상

다 내려놓은 듯
가을이
낙엽을 떨어트리고 있다

나의 벗

유상천

눈이 잘 떠지지 않는 아침
일찌감치 기상나팔을 불어 댄다

더 자고 싶은 마음이
굴뚝같지만
새벽 댓바람부터
바람의 잔소리에
말 떨어지기 무섭게
자리를 박차고 일어난다

한 뼘도 안 되는
담장 옆에는
부지런한 나의 벗이 산다

말

할 수만 있다면
그동안 내뱉은 말들
다 주워 담고 싶다

해서는 안 될 말, 억지 쓰는 말
뜻대로 안 되면 소리나 질러대던
그 말을 다 주워 담고 싶다

나는 되지도 못하면서
나는 하지도 못하면서
상대에게 강요했던 말들

침묵으로 일관하는
머리 희끗희끗한 저 강물 앞에서

이제는 겨우
생각의 말문이 트인다

일몰(日沒)

유상천

삐그덕거리며 노을이 진다
뼈대만 남아 있는
서산 저물녘

저 몸을 하고서
한나절을 걸어왔으니
저렇게 푹 빠질 만도 하지

기어가다시피 해서
겨우 도착한
새의 끝자락
저 눈부신 슬픔

남미화

나만의 문집 다수

은평구 자원봉사자상

은평문화원 백일장 수상

조계사 미디어 기자

명원 다도 사범

명인 성낙연 매듭

조계사 육법공양 관욕팀장

nmh0641@nate.com

가을 문턱에서

남미화

더위에 지친 내 몸은
혼이 나간 듯 계절을 잃었다

억수같은 비가 내리고
산 넘어 바람이 불어온다

나는 한동안
내가 누구인지조차 모른 채
넋을 잃고 허공만 바라본다

높푸른 가을 하늘
구름 사이로 들어오는
햇빛은 참 곱기도 하다

이제 신선한 바람이
뜨거운 흔적을 지우며
머지않아 다가올 가을에
가슴 뜨겁게 식히고 있다

갈림길

눈빛이 담긴 화살을 피하고
뻗어 오는 손길을 밀어내니
붉은 담장 사이로 정곡을 찌르네

오장육부가 꼬여
식은땀을 훔치고
피를 다 흘려보낸 것처럼

생사의 갈림길
아픔과 고통에서 벗어날
선택의 갈림길은 어디인가?

봉숭아

뜨락에
흐드러지게 핀
방울방울 봉숭아

땅에 떨어진
꽃송이 하나 주워
그리움 담고 담아

꽃잎 한 잎 두 잎 따다
명반을 넣고 콩콩콩

내 손에
봉숭아꽃 물들인다

은밀한 비밀처럼…

이쁘다, 고웁다
마음까지 물들인다

여정 속에

한낮의 햇빛을
잔뜩 머금고 반짝이는

윤슬로 뱉어 내는
강물로 지나가는 배 한 척

찌든 삶의 여정에
지치고 힘들 때

닥치고 열정적으로
때로는 침잠하면서…

삶의 여정이
뭐가 이리도 바쁜지

하루의 마침표를 찍으며
오늘도 삶의 여정을 연주한다

빨랫줄

남미화

아쉬움 하나 널었더니
슬며시 바람이 가져갔네

고민 하나 널었더니
구름이 실어 갔네

내 마음 널었더니
사랑비가 쏟아지더라

너의 마음 널어 보면
무엇이 내릴까…

박재희

제부도 시인학교 백일장 장원

서울상담대학원 상담석사

빛탐문학회 동인지 2회 참여

jh4473@naver.com

해수

계절이 옷을 벗을 때
낙엽 사이로 스민 한 줄기 숨,
외로운 흔적이 마음에 젖는다

골목의 그림자처럼 흔들리던 말들
먼 산과 바다를 떠돌다
산사에 고요히 내려앉은 그리움

두 평의 하늘 아래
허공에 긋는 하루를 기도하며~

가을은
그리움이 눈뜨는 순간이다

예가체프

그대가 좋다
그대와의 입맞춤
하루의 시작이다

그대를 내 안에 담는다
손톱 끝에서 발끝까지 녹아드는
그대와의 사랑
내 안에 퍼지는 그대의 온기로
비로소 깨어나는 하루다

투정하듯 종알거리는 얼음 두 조각
마음을 토닥이며 키득키득
그대 없는 하루를 살아낼 수 있을까?

그대 아름다운 내 사랑
난 오늘도 긴 하루를
그대와의 사랑 속에서 행복해진다

비

새벽, 빗발이 뚜벅
토닥이는 할머니 손길처럼 잠을 깹니다
토라진 듯 반가운, 기억의 손님

검은 우산 아래 빛바랜 시간들
회색 보도 위 숱한 동그라미가 되네
잊어야 할 파편도, 잊혀진 것도
모두 둥글게 스며드는 밤

오늘은 빗님 오신 행복한 날
가슴에 동그라미 하나
개구지게 그려 넣습니다

여행

홀로 진 탱자여
쓸쓸한 날들 중 하나
문득, 땅으로 굴러떨어진다

마음이 낸 철길 끝
가장 먼 곳으로 향하는
구르고픈 자유의 열망

진부(珍富)의 경계
눈물 없이 건넌
외로움의 옅은 가을

조각난 기억들이
철로 위를 질주하고
삶은 정해진 종점으로

시선 닿는 곳마다
오늘을 앞세워 맞은
잘 익은 소멸의 순간들

여름밤

고요가 꽃처럼 피어나고
햇발은 골목을 강아지처럼 따른다

가난한 이들의 소망이 우글거리던
낯설지 않은 땅, 당고개

오래된 기억과의 느닷없는 조우
잠들었던 슬픔이 실눈을 뜬다

도시에 남겨진 아이의 밤
멀리 개 짖는 소리, 부름처럼 들려오고
기다림은 별빛으로 부서진다

알고 있었을까?
떠난 자와 남은 자의 슬픔 이어져
여름 밤하늘 수많은 별이 되었다는 것을…

수필(隨筆)

이종인

에세이 『포레』 수필 등단(2017년)

한양대학교 졸업

제1회 한국노벨사이언스 문학상 수상

수필집 『독수리의 비상』 공저

빛탐문학회 동인지 10회 참여

leejnin@naver.com

어떤 청첩장

"어떻게 해야 할지 모르겠네. 가야 하나, 말아야 하나?"

"뭔데?"

"문자로 청첩장이 하나 왔는데 어떡할지 모르겠다. 보낼 테니 회장님이 의견 좀 줘 봐!"

동창회 총무의 전화다. 날아든 청첩장이 낯익은 듯 낯설다.

'엄종호 · (고)김○○의 장남 엄성욱'

......

먼저 우리 곁을 떠난 김○○는 같은 동네 살던 초등학교 동창이다. 여주 산골짜기 오십여 호 남짓한 마을에 우리 동창은 열여덟 명이나 됐다. 유독 많았던 이유는 실제 나이보다 한두 해 늦게 들어간 친구도 여럿이었기 때문이다. 당시에는 그랬다. 김○○는 우리보다 한 살이 많았다. '누가 보냈을까?'

2년 전 2월 어느 날, 동네 동창 몇몇이 곤지암 어느 서남쪽 골짜기를 더듬어 올라가고 있다. 하늘과 맞닿은 높지 않은 산 능선이 왼쪽에서 오른쪽으로 잔잔히 출렁이며 선을 긋는다. 마치 병풍처럼 좀 더 넓게 보니 부채꼴이다. 겨울 끄트머리 갈색 풍경에 골짜기 나목들 사이로 잔설이 희끗거린다. 아침 나절 눈부시게 쏟아지는 햇살은 봄을 재촉하고 있다. 계곡으로 들어갈수록 아늑하다. 제법 잘 지어진 저택들이 즐비한 걸 보니 여느 시골 마을은 아니다. 서울에서 지척이고 터가 좋으니 탤런트 등 돈 많은 사람들이 꽤 들어와 산단다. 오늘 이곳을 가는 목적은 간암 말기 판정을 받아 요양하고 있는 친구를 문병하기 위해서다. '이런 곳에 허름한 요양터가 있을까?'

내비게이션이 안내하는 곳까지 왔다. 마을회관이 보이고 제법 넓은 마당에 주차한다. 내려서 주위를 둘러본다. 저쪽에 서쪽으로 등지고 앉아 있는 낡은 집 한 채가 있다. 슬레이트 지붕에 겨울 찬바람을 막기 위해 처마 밑으로 쳐 놓은 비닐로 뚱뚱하다. 마당 가운데는 널따란 허리 높이쯤 되는 사각 테이블이 놓여 있다. 무언가 널어 말리려는 도구인 듯하다. 집 오른쪽으로 마을 안쪽으로 들어가는 오르막길이 보이고 뒤로는 언덕이 받쳐주고 있다. 왼쪽으로는 삼십여 평쯤 되는 텃밭이 있다. 울타리도 없는 햇볕 잘 드는 집이다. 해토머리라 아직 모두 갈색이고 따뜻한 햇살은 봄을 재촉한다.

전화를 하니 처마 밑 비닐 중간이 열리고 친구가 나타난다. 햇살 받아 반가워 환하게 웃는 얼굴이지만 파리하게 병색이 완연하다. 몇 마디 함께 간 일행들과 반가운 인사를 하고 굴속 같은 집 안으로 들어선다. 툇마루에 나와 반기는 이들이 또 있다. 언니와 동생이다. 친구를 포함해 세자매가 방안에 따뜻한 바닥을 서로 권하며 자리 잡아 앉는다. 천장을 보니 서까래가 보이고 전깃줄이 왔다 갔다 흰색 애자가 받쳐주고 있다. 천장의 그늘이 형광등 불빛과 함께하여 방 전체가 어둑하다. 고향의 옛 시골집 모습이다.

친구는 간암의 끄트머리에 와 있다. 병원 치유의 한계를 알고 아들이 권한 민간 식이요법으로 치료 중이다. 이 요양지는 가까이 사는 언니와 동생이 구했단다. 이야기가 같은 동네 살던 사오십 년 전 옛날로 거슬러 올라간다. 귤도 까먹으며 커피도 마시면서 이야기가 이어진다. 아련한 이야기에 친구의 얼굴이 점점 밝아진다. 그녀의 말 속에 치유의 가능성에 대한 기대도 엿보인다. 서른일곱, 서른다섯 두 아들은 아직 미혼이다. 곡물을 비타민D 가득하게 바싹 말려서 병수발을 들고 있는 것은 둘째다. 남편은 천안에서 주말에 한 번씩 올라온다.

일어서서 마당으로 나왔다. 처음 마주쳤을 때보다 얼굴에 그늘이 많이 걷혔다. 더욱 따뜻해진 햇살은 모든 생명들에게 희망을 키운다. 여름에 하루 날 잡아 물 흐르는 그늘진 냇가에서 고기 구워 파티하자는 약속들이 오간다. 다음 만날 기약을 하며 돌아선다. 공허함 속에 함께 차에 탄 친구들은 말이 없다.

그해 유월 어느 날 총무로부터 급보가 날아왔다. 그녀의 죽음을 알리는 부고다. 천안까지 버스를 대절하여 문상을 갔다. 메르스로 인해 썰렁한 장례식장을 우리 동창들이 가득 채웠다.

잠깐 왔다 가는 삶이지 않은가! 친구의 영면을 기린다. 맞절하는 두 젊은 상주가 아들이다. 그들의 얼굴에 크지 않은 키에 오종종했던 망자의 모습이 보인다. 저쪽에서 문상객과 얘기 중인 우리보다 훨씬 나이 많은 머리 벗어진 초라한 신랑도 보인다. 그와 인사한다.

열서너 명의 대인원이 자리 잡아 앉고, 곤지암 골짜기에서 함께 있었던 망자의 언니와 여동생도 합석한다. 그 골짜기에서 본 것이 불과 넉 달 전인데, 이렇게 무너진 희망 앞에서 서로 눈물을 글썽인다.

자리를 일어선다. 동네 모임 총무로서 열심이었던 친구다. 여자들의 중심축이었다. 이제는 놓아 주어야 할 때다. 함께 문상 간 친구들 중 남자도 몇이 섞여 있다. 그중 하나는 어린 날 그녀에 대한 사랑을 마음에 품기도 했다. 각자가 그 시절을 떠올리며 마음을 정리할 것이다. 추적이는 비는 망자의 아쉬운 이별의 눈물일 것이다.

생각보다 훨씬 일찍 도착했다. 받지도 못할 텐데 뭐하러 가느냐는 말도 들렸다. 총무와 의논한 끝에 함께 가기로 했다. 천안 남쪽 외곽에 위치한 한적하고 널따란 예식장이다. 11시 예식인데 아홉 시 사십 분밖에 안 됐다. 혹시 길 막힐까 하여 서울에서 삼십 분 일찍 출발한 결과다. 담배를 피우고 커피를 마셔도 여유 있는 시간이다. 열 시도 안 된 시간에 엘리베이터를 타고 2층 예식장으로 향한다.

넓은 한쪽 켠 편치 않은 의자에 앉아 함께 간 총무와 노닥이며 시간을 보낸다. 저쪽에서 반듯하게 차려 입은 머리 벗겨진 노신사가 눈에 띈다. 왼쪽 가슴에 꽃을 꽂은 것을 보니 먼저 간 친구의 남편이다. 다가선다.
"안녕하세요. 신랑 엄마의 초등학교 동창이에요."

“아, 어이쿠, 이렇게 오셨군요.”

“친구를 생각하면 신랑 손이라도 잡아 줘야 될 것 같아서 이렇게 왔어요.”

“네, 고맙습니다.”

자그만 키에 잘생겼다. 젊은 날 그녀가 반했을 만하다. 당시 장례식장에서의 초라한 모습은 한껏 화장한 모습에 어디에도 없다. 옛일을 추억하며 주고받는 이야기 속에서 그의 눈시울이 붉어진다. 아직 그녀를 추억하며 뒤척이는 삶의 모습이 보인다.

열 시가 넘었다. 신랑 ‘엄성욱’을 찾아간다. 저쪽 하객 맞이 카운터에 사람이 있다. 다가서니 둘이다. 진남색 연미복을 잘 차려 입고 서성대는 사람이 신랑이다. 눈이 마주친다.

“엄마 초등학교 친구야, 축하해!”

“아, 네 감사합니다.”

“얼굴하고 눈이 꼭 너, 엄마다.”

총무 말이다.

“그러네. 똑같네.”

내가 거든다. 이 말에 웃는 신랑의 모습은 꼭 그녀다.

“안녕하세요.”

　카운터 접수대에 앉아 있던 젊은이가 일어서서 인사
한다.
"제 동생이에요."
"아, 그렇군."
함께 선 말쑥한 젊은이 두 얼굴에 그녀가 있다.

　축하 인사를 마치고 나오는 마음은 후련하고 발걸음
은 가볍다. 주변 이야기에 망설이기도 했지만 그녀가
애지중지했던 아들들을 보고 싶었고, 정말 그 손을 잡
아 주고 싶었다. 그녀는 나이 찬 아이들을 결혼 못 시
키고 떠나는 게 제일 안타깝다고 눈물을 글썽였었다.
남쪽으로 향한 현관문을 나서니 햇살은 더욱 맑고 따
뜻하다. 청첩장은 남편이 아니라 그녀가 보낸 거였다.

쉰아홉 영철이

"내 인생에 이렇게 행복한 날은 처음이야."

"그래?"

"난 힘들게 살아왔어. 혼밥에 혼술, 혼자 사는 일에 이골이 나 있지. …왜 사는지 모르겠어. 사고 후유증으로 몸은 아프고 하나뿐인 아들에게 짐이나 되지 않을까 걱정이야. 가끔 포기하고 싶은 생각도 들어."

이혼하고 아들과 단둘이 사는, 말수 적은 영철이가 한껏 흥이 돋아 무르익은 노래방에서 훌쩍이며 귓속말을 이어간다.

"아버지는 북에서 월남하셨지. 혈혈단신 몸 기댈 곳 없이 혼자였고. 우리도 커가며 친척 하나 없는 쓸쓸함이 어느 순간 열등의식으로 자리 잡더라고."

행복하다는 말, 포기하고 싶다는 말이 처연한 노래를 타고 내 눈물샘도 자극한다. 무언가 말을 해야 한다. 내가 말을 받는다.

"왜 사는지 아는 사람이 누가 있냐? 다 고민 속에 사는 거지. 여기 온 친구들 가방마다 약봉지 다 들어 있고 성한 사람은 거의 없어. 나도 5년 전 뇌경색에 협심증

까지 매일 약을 먹고 있지. 일신이는 양쪽 무릎에 인공 관절 심었고 치과 치료는 하나같이 다 받고 있잖아."

　재작년 가을, 2년 임기의 동창회장을 맡았다. 이왕 하는 거 제대로 하고 싶었다. 시골학교를 방문해 졸업자 명단을 확인했다. 졸업자는 90명이지만 이미 떠난 자도 있으니 팔십 서너 명, 연락이 가능한 자들은 총 72명이다. 특이 사항이 있었다. 3남매가 같이 다녀 졸업했다는 것이다. 반이 달랐는지 난 기억에 없다. 수소문을 해 보니 영철이가 개명을 하여 이름 두 개가 동시에 불러졌던 거고, 실제 함께 다닌 누나가 하나 있었다. 전화번호를 확인하여 영철이에게 연락했다.
　"여보세요? 나 동창회장 이종인이야. 송현 살던… 기억나니?"
　"어, 글쎄 잘 모르겠는데….'
　"너 누나가 우리와 같이 학교 다닌 게 맞니?"
　"맞어."
　"우리보다 몇 살이나 위야?"
　"네 살."
　"그래? 그렇게나 많아?"
　남매였고 네 살이나 위인 누나와 함께 다닌 거였다. 누나는 4학년 때부터 같이 공부했단다. 당시 학교생활

의 머쓱함도, 동창모임에 나타나지 못한 이유도 짐작
이 됐다. 함께 얼굴 한 번 보자는 약속을 하고 전화를
끊었다.

동창회 밴드로 이들 남매를 초대했지만, 묵묵부답
반응이 없었다. 글을 올릴 때마다 각자에게 메시지도
보냈다. 지난해 입춘에 절에 다녀온 이야기에 누나로
부터 반응이 왔다.

"누구신데 이렇게 아름다운 글을 주시나요? 고마워요.
모두모두 행복하세요."

이후 누나는 밴드 초대에 응했고, 누나라 부르면 칼
침 놓겠다는 엄포 등, 친구도 누나도 아닌 머쓱한 관
계가 유지됐다. 영철이는 들어오지 않았다.

4월 동해안 관광 여행, 가을 남산 모임이 이어졌다.
소식 없던 친구들이 하나둘 얼굴을 보였다. 평소 20명
안팎이던 인원이 34명이나 됐다. 남산의 오리집이 떠
들썩했고, 회장질 잘한다는 칭찬도 쏟아졌다.

지난달 경기도 광주의 한 식당에서 번개 모임이 있
었다. 모임에서 올봄 제주도 여행 계획을 짜고 있었는데
그걸 마무리하기 위해서다. 실은 영철이 남매가 고민
끝에 참여를 결정했는데 여행 가기 전 한 번 만나 얼굴

익히기 위해서였다. 지난해 전화 통화 두어 번 한 게
다였던 가까이 사는 영철이가 나왔다. 47년 만이다.
누나도 함께 왔다.

노래방 흥은 이어지고 영철이가 마이크를 잡았다.
내겐 익숙하지 않은 '백년의 약속'이란 노래를 부른다.
일어서서 영철이 어깨를 잡고 어울리며 가사를 음미
한다.

"… 세상이 힘들 때 너를 만나 잘해 주지도 못하고
사는 게 바빠서 단 한 번도 고맙다는 말도 못했다.
백 년도 우린 살지 못하고 언젠간 헤어지지만
세상이 끝나도 후회 없도록 널 위해 살고 싶다."

내 옆으로 키 작은 누나가 또 하나의 마이크를 잡
고 붙어 선다. 그리고 함께 목소리를 낸다. 셋이서 어
깨동무를 했다. 둘의 목소리가 애절하게 잘 어울린다.
사이에 낀 나는 신기한 듯 영철이와 누나를 번갈아 쳐
다본다. 그 둘의 마음이 진하게 전해져 온다.

"… 백 년도 우린 살지 못하고 언젠간 헤어지지만
세상이 끝나도 후회 없도록 널 위해 살고 싶다.

이 세상에 너를 만나서 짧은 세상을 살지만
평생 동안 한 번이라도 널 위해 살고 싶다."

사랑하는 연인 사이의 노래가 아니었다. 오늘 이 순
간만큼은 영철이와 누나 사이의 노래였다. 가사가 평
소 둘의 마음 같았다. 몇 차례 노래가 더 이어졌다. 화
장실 다녀오는 내 손목을 누나가 잡아끈다. 끌려 나가
옆 빈방으로 들어갔다. 담배 하나를 달라 한다. 끊은
지 20년도 넘은 담배가 내게 있을 리 없다. 노래에 열
중한 친구에게 담뱃갑을 빼앗아 둘이 불 붙여 앉았다.
"나이 많은 내가 여기 올 데가 아니지. 영철이 때문
에 온 거야. 외톨이가 되어 혼자 술이나 마시고 저러
는 게 안쓰러웠어. 너희들 모임이 너무 잘 되는 거 같
아 함께 이어 주고 싶었어."
누나가 훌쩍인다. 젠장, 내 눈이 또 붉어진다.
부모님은 떠나셨고 삶의 팍팍함에 징징거리는 아내,
세대 차이라 치부하고 문 닫아 버리는 아이들, 위로도
밑으로도 소통이 쉽지 않다. 하소연할 곳도 없다. 동창,
횡으로의 친구들이 더없이 가까워진다. 깊어진 밤 노
래를 마무리하고 숙소로 돌아오는 길, 영철이 손을 꼬옥
잡았다. 억세고 굳은 손이 따뜻해져 왔다.

조 례 자

2020년 월간 「순수문학」 시부문 등단

빛탐문학회 동인지 「물바람」 외 다수

건국대학교 교육대학원(음악교육)

모네어린이집

애영유치원

애영음악학원 원장 역임

vitamin5599@hanmail.net

또 하나의 사랑이
나에게 오고 있습니다

가난하고 외로웠지만 자연을 벗삼아 산, 들, 바람, 그리고 강물을 그리며 풍류를 즐기고 노래하던 옛 시인들. 겸재는 화폭에 그림을 그렸고 병연은 시를 썼습니다. 나는 그들의 여유로운 멋과 낭만을 그 애틋함을 부러워했고 그리워했습니다

비 개인 오후 어느 날

겸재는 점점 병색이 짙어져 가는 그의 친구 이병연의 쾌유를 위한 그림을 그리기 시작했습니다. 재색빛 도는 인왕산에서 맑게 개인 인왕산 자락을 보며 '자네도 저 빛나는 인왕산처럼 밝고 환하게 어서 일어나게나' 하는 염원을 담아 그렸습니다. 그러나 그림이 완성되기 4일 전 이병연은 세상을 등지고 떠나갔습니다.

친구를 위해 그린 그림 진경산수화, 인왕제색도

바야흐로 어느 금요일 아침.

바람소리 휘익휘익 소리가 났습니다. 밖을 내다보니
아무도 없었습니다. 날은 흐렸지만 산들바람이 불어
와 마당의 나무들이 흔들거렸습니다. 그러나 나는 알
았습니다

정태사의 밀월도!
시커먼 먹으로 칠해진 거대한 고목나무.
그 뒤에는 정자가 세워져 있고 그 안에 숨겨진 男과
女의 연인이 보였습니다. 드디어 휘황찬란하게 빛나
는 둥근 달을 보았습니다. 내 마음은 설레었고 그 속
에 빠져 들었습니다.
이병연에게 겸재가 있다면 나에게는 태사가 있습니다.
겸재에게 인왕제색도가 있다면 나에게는 밀월도가
있습니다. 겸재는 인왕산에 붓이 머물러 있었다면 태
사는 은은하게 빛나는 달빛에 붓이 머무르고 있었습
니다.

겸재 정선은 산수화의 아버지!
정태사는 산수화의 어머니!

고대 그리스 히포크라테스는 말했습니다
"인생은 짧고 예술은 길다."

아버지 조진의의 인생 이야기
「하마터면 흔적도 없이 사라져 묻힐 뻔했다」

예자야, 이리 온~!

아버지는 어렸을 때부터 나를 이렇게 부르셨다. 강릉에서 우리 동네로 시집온 최순기 언니는 그 모습이 부럽다며 예자야, 이리 온~ 하며 아버지 말투를 흉내 내곤 했다. 말씀도 조용히 하시고 인자한 분으로 우리 6남매로부터 존경받는 아버지이셨다.

아버지는 한의사였고 서예가이셨다. 내가 어렸을 때는 먹을 가는 게 일이었다. 아버지는 붓으로 끝없이 써 내려가도 한 치의 흐트러짐이 없다. 그 어려운 한문 흘림체로 써 내려가는 그 필력. 당대에 그 누구하고 비교하랴! 넓은 대청마루에서 하얀 모시적삼 차려 입고 시조를 읊으시던 아버지가 한없이 그립다.

우리 동네는 물론 주변의 안면도, 원산도, 삽시도, 효자도, 장고도 등 먼 섬사람들도 다 우리 집으로 약을 지으러 오기 때문에 아버지는 나름 인정받는 명의이셨다. 사람들은 갑자기 배가 아프면 우리 집으로 달려와 약값을 못 가지고 올 때도 꽤 있었고, 어떤 사람은 정말 가난하고 돈이 없어서 약만 지어 가는 사람도 많았다. 그리고 어떤 분은 처음부터 돈이 없으니 외상으로 약을 지어 달라고 하는 사람도 있었다. 그럴 때마다 아버지는 예, 예~ 하시며 조용히 대답하셨다. 그 모습에 엄마는 불만이 있는 듯 보였지만 별말씀은 안 하셨다. 나 역시 그때 그런 걸 당연하게 생각했다. 아버지는 한약을 지어 주시고 돈을 주면 받고 돈을 안 주면 안 받으셨다.

초등학교 1학년 무렵이었다.
심하게 열이 나고 기침하고 힘이 없어 누워 있었는데 나를 지켜보시던 아버지가 이마를 만져 보고 맥을 짚으시더니 한약을 달여 오셔서 한 번에 쭉 마시라고 하셨다. 큰 사발에 가득 담은 쓴 약을 나더러 한 번에 마시라고 하며 옆에 지켜보고 계시니 나는 걱정이 이만저만이 아니었다. 나는 아버지 앞에서 죽을 힘을 다해 단번에 들이켰다. 아버지 앞에서 나는 대견했다. 한참 지난 후 아버지는 슬그머니 나가시더니 누런 종이봉투를 나에게 건네고 나가셨다. 그 봉투에는 작고 동글동글한 빨간 사과가 가득 담겨 있었다. 그 사과가 어찌나 새콤달콤했던지, 아담과 이브가 먹었던 선악과의 맛이 바로 그런 맛이 아니었을까 싶다. 이윽고

나는 깊은 잠을 잤다. 땀을 많이 흘리고 잠에서 깨어나니 아픈 건 다 사라지고 거뜬히 나았다. 그렇게 아팠던 것은 꿈만 같았다.

　몇 년 전, 오랜만에 초등학교 동창회에 참석했는데 생각지도 못한 이야기를 이현수에게 전해 들었다. 아버지는 옛날에 동네 번영회 회장, 새마을지도자이셨기 때문에 동네의 안 좋은 일에 나서셔야 하는 입장이셨다. 한밤중에 잔뜩 취해 날뛰고 돌아다니는 이현수를 보고 아버지께서 야단을 치시자 만취했던 현수는 아버지 뺨을 세게 쳤다고 했다. 이현수는 나중에 아버지임을 알고 나서 깜짝 놀랐다고 했다. 이튿날 바로 아버지께 달려가 사과 인사를 드렸는데, 아버지께서 아무 말씀도 안 하시고 건인삼을 한약 가는 용기에 갈아 주시며 이 인삼가루를 먹으면 숙취에 좋으니 먹어 보라 하며 현수에게 주셨다고 한다. 이현수는 어찌할 바를 모르고 무척 당황했고 감사했다. 현수는 나를 보니 너희 아버지 생각이 난다 하며 반색을 했다.
　이현수는 지금까지도 그때 그 일로 아버지를 잊을 수 없다고 했다. 그러면서 현수는 나에게 또 물었다.
　"야, 어머니는 아직 살아 계시지?"
　"아니, 어머니도 재작년에 돌아가셨지." 하니까 그

소식을 들은 현수는 아연실색하며 참담해했다.

"너희 어머니 초상 땐 꼭 가 보려고 했는데…."

현수는 실망스런 모습을 감추지 못했다.

오랜만에 만난 현수가 나를 기억하는 것보다 아버지를 기억해 주고 어머니 소식을 듣고 낙심해하는 그 모습이 나는 더 고마웠다.

남자 동창 조상근은 나를 보더니 무척 반가워했다. 내 손을 덥석 잡으며 "예자야, 나는 말이다, 네가 나의 꿈의 여자였어."라고 말했다. 그 말에 나는 무척 당황했지만 그 말이 싫지는 않았다. 오랜만에 본 그때 조상근의 모습은 안색이 안 좋아 보였고 왠지 쓸쓸해 보였다. 그런데 조상근은 얼마 전 이 세상을 떠났다고 한다. 왜 그래야만 했을까. 나는 눈물이 났다. 인생이 너무 허무하다. 삶과 죽음은 우리가 선택할 수 없는 일. 다만 우리가 선택할 수 있는 건 결혼과 사랑 또 그 무엇이 있을까.

어느 해 여름인가 아버지께서 병에 걸리셨다.

손수 약을 지어 드셔도 낫지 않고 열이 나고 누워만 계셨다. 하는 수 없이 아버지와 의형제를 맺은 동네 병원 원장님이 우리 집으로 오셨다. 그 의사는 장티푸스이니 우리 병원에 가시자고 하셨지만 아버지는 절대 입원할 수 없다고 하시며 통원치료를 하겠다고 하셨다. 아버지 자존심이 허락하지 않으셨는지도 모르겠지만 장티푸스는 법정 전염병이다. 내가 생각해도 입원해야 할 것만 같아서 나도 병원 원장님 말씀에 적극 동의하여 입원하셔야 될 것 같다고 말씀드렸고, 그제야 할 수 없이 입원하기로 하셨다. 한 3, 4일 입원 치료하시니 호전되고 완치되어 퇴원하게 되셨다. 퇴원하면서 입원비를 지불하는 과정을 밖에서 듣게 되었는데 병원 원장님과 아버지는 옥신각신하셨다.

"형님, 안 받습니다."

"이러면 안 되네."

"못 받습니다."

원장님과 아버지는 언쟁 아닌 언쟁을 한참 동안 하시더니 마음의 결정을 하신 아버지는 "정 그렇다면 현금을 쌓아 놓을 테니 가져갈 만큼 가져가시게나." 하셨다.

인간적인, 너무나 인간적인…

나는 그 깊고 아름다운 광경을 보았다. 심연, 그 깊숙한 곳에 인간 본성의 높은 품격을 보았다.